A CONDESSA SANGRENTA

ALEJANDRA PIZARNIK † SANTIAGO CARUSO

TORÐSILHAS

A meus mestres,
em especial a Gattti e Alcatena, cujas obras e palavras foram como
o fio de Ariadne neste obscuro labirinto. Aos artistas, que exorcizam
a *enfermidade do mundo* com criações mais verdadeiras que reais.
S. C.

Os editores agradecem especialmente
a Ana Becciú.

. . .

Copyright do posfácio © 2011 by Tordesilhas
Copyright do texto © 2009 by herdeiros de Alejandra Pizarnik
Copyright das ilustrações © 2009 by Santiago Caruso
Publicado originalmente na Espanha sob o título
La condesa sangrienta
Copyright © 2009 by Libros del Zorro Rojo, Barcelona-Madrid
www.librosdelzorrorojo.com

Projeto:
Alejandro García Schnetzer

Edição:
Marta Ponzoda Álvarez

Direção editorial:
Fernando Diego García

Direção de arte:
Sebastián García Schnetzer

Revisão:
André de Oliveira Lima e Denis Araki

Foto de Alejandra Pizarnik (orelha da sobrecapa):
© Daniela Haman, 1968 Arquivo Antonio Beneyto

Dados Internacionais de Catalogação na Publicação (CIP)
(Câmara Brasileira do Livro, SP, Brasil)

Pizarnik, Alejandra. A condessa sangrenta / Alejandra Pizarnik ; tradução de Maria Paula Gurgel Ribeiro ; ilustrações de Santiago Caruso. -- São Paulo : Tordesilhas, 2011.

Título original: La condesa sangrienta.

ISBN 978-85-64406-00-1

1. Ficção argentina I. Caruso, Santiago. II. Título.

11-02814   CDD-ar863

Índices para catálogo sistemático:
1. Ficção : Literatura argentina   ar863

Todos os direitos reservados. Nenhuma parte desta edição pode ser utilizada ou reproduzida – em qualquer meio ou forma, seja mecânico ou eletrônico –, nem apropriada ou estocada em sistema de banco de dados, sem a expressa autorização da editora.

O texto deste livro foi fixado conforme o acordo ortográfico vigente no Brasil
desde 1º de janeiro de 2009.

2011
Tordesilhas é um selo da Alaúde Editorial Ltda.
Rua Hildebrando Thomaz de Carvalho, 60
Vila Mariana
04012-120 – São Paulo – SP
www.tordesilhaslivros.com.br

ALEJANDRA PIZARNIK

A CONDESSA SANGRENTA

ILUSTRAÇÕES DE
SANTIAGO CARUSO

TRADUÇÃO DE
MARIA PAULA GURGEL RIBEIRO
DOUTORA EM LÍNGUA ESPANHOLA E LITERATURA
HISPANO-AMERICANA PELA UNIVERSIDADE DE SÃO PAULO

POSFÁCIO DE
JOÃO SILVÉRIO TREVISAN
AUTOR DE *ANA EM VENEZA* E *DEVASSOS NO PARAÍSO*

TORDESILHAS

SUMÁRIO

A CONDESSA SANGRENTA
··· 7 ···

A VIRGEM DE FERRO
··· 11 ···

MORTE POR ÁGUA
··· 13 ···

A GAIOLA MORTAL
··· 15 ···

TORTURAS CLÁSSICAS
··· 17 ···

A FORÇA DE UM NOME
··· 25 ···

UM MARIDO GUERREIRO
··· 29 ···

O ESPELHO DA MELANCOLIA
··· 33 ···

MAGIA NEGRA
··· 39 ···

BANHOS DE SANGUE
··· 45 ···

CASTELO DE CSEJTHE
··· 49 ···

MEDIDAS SEVERAS
··· 53 ···

POSFÁCIO
··· 58 ···

†

A condessa sangrenta

"O criminoso não faz a beleza;
ele próprio é a autêntica beleza".
J.-P. SARTRE

alentine Penrose recopilou documentos e relações sobre uma personagem real e insólita: a condessa Báthory, assassina de 650 moças.

Excelente poeta (seu primeiro livro contém um fervoroso prefácio de Paul Éluard), não separou seu dom poético de sua minuciosa erudição. Sem alterar os dados reais penosamente obtidos, refundiu-os em uma espécie de vasto e encantador poema em prosa.

A perversão sexual e a demência da condessa Báthory são tão evidentes que Valentine Penrose se desinteressa delas para se concentrar exclusivamente na beleza convulsiva da personagem.

Não é fácil mostrar este tipo de beleza. Valentine Penrose, no entanto, conseguiu, pois joga admiravelmente com os valores estéticos desta tenebrosa história. Inscreve o *reino subterrâneo* de Erzsébet Báthory na sala de torturas de seu castelo medieval: ali, a sinistra formosura das criaturas noturnas se resume em uma figura silenciosa de palidez legendária, de olhos dementes, de cabelos da cor suntuosa dos corvos.

Um conhecido filósofo inclui os gritos na categoria do silêncio. Gritos, arquejos, imprecações, formam uma "substância silenciosa". A deste subsolo é maléfica. Sentada em seu trono, a condessa vê torturar e ouve gritar. Suas velhas e horríveis criadas são figuras silenciosas que trazem fogo, facas, agulhas, atiçadores; que torturam moças, que depois enterram. Como o atiçador ou as facas, essas velhas são instrumentos de uma possessão. Esta sombria cerimônia tem uma só espectadora silenciosa.

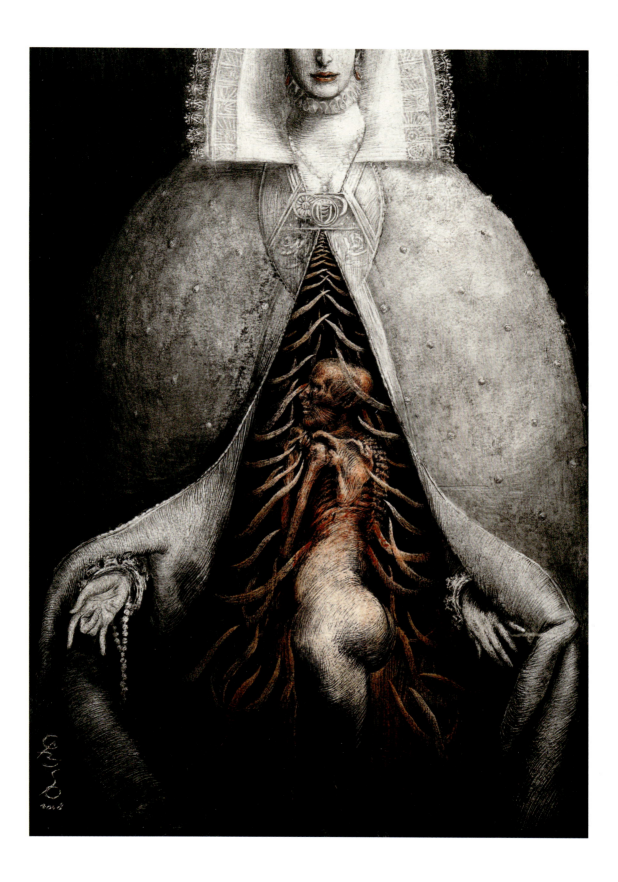

A VIRGEM DE FERRO

*"... parmi les rires rouges des lèvres luisantes
et les gestes monstrueux des femmes mécaniques."*
R. DAUMAL

Havia em Nuremberg um famoso autômato chamado "a Virgem de ferro". A condessa Bárthory adquiriu uma réplica para a sala de torturas de seu castelo de Csejthe. Esta dama metálica era do tamanho e da cor da criatura humana. Nua, maquiada, enfeitada com joias, com loiros cabelos que chegavam até o chão, um mecanismo permitia que seus lábios se abrissem em um sorriso, que os olhos se movessem.

A condessa, sentada em seu trono, contempla.

Para que a "Virgem" entre em ação é preciso tocar algumas pedras preciosas de seu colar. Responde imediatamente com horríveis sons mecânicos e muito lentamente ergue os brancos braços para que se fechem em perfeito abraço sobre o que esteja próximo dela – neste caso uma moça. O autômato a abraça e já ninguém poderá soltar o corpo vivo do corpo de ferro, ambos iguais em beleza. De repente, os seios maquiados da dama de ferro se abrem e aparecem cinco punhais que atravessam sua vivente companheira de longos cabelos soltos como os seus. Já consumado o sacrifício, toca-se outra pedra do colar: os braços caem, o sorriso se fecha assim como os olhos, e a assassina volta a ser a "Virgem" imóvel em seu féretro.

Morte por água

"Está de pé. E está de pé de modo tão absoluto
e definitivo como se estivesse sentado."
W. GOMBROWICZ

†

O caminho está nevado, e a sombria dama envolta em suas peles dentro da carruagem se entedia. De repente formula o nome de alguma moça de seu séquito. Trazem a indicada: a condessa a morde, frenética, e lhe crava agulhas. Pouco depois, o cortejo abandona na neve uma jovem ferida e segue viagem. Mas como volta a parar, a menina ferida foge, é perseguida, capturada e reintroduzida na carruagem, que prossegue andando mesmo quando volta a parar pois a condessa acaba de pedir água gelada. Agora a moça está nua e de pé na neve. É de noite. É rodeada por um círculo de tochas sustentadas por impassíveis lacaios. Vertem a água sobre seu corpo e a água torna-se gelo. (A condessa contempla do interior da carruagem.) Há um leve gesto final da moça para se aproximar mais das tochas, de onde emana o único calor. Jogam mais água em cima dela e ela fica, para sempre de pé, erguida, morta.

A GAIOLA MORTAL

"... des blessures écarlates et noires
éclatent dans les chairs superbes."
RIMBAUD

orrada com facas e enfeitada com afiadas pontas de aço, seu tamanho admite um corpo humano; é içada mediante uma polia. A cerimônia da gaiola se desenvolve assim:

A criada Dorko arrasta pelos cabelos uma jovem nua; tranca-a na gaiola; ergue a gaiola. Aparece a "dama destas ruínas", a sonâmbula vestida de branco. Lenta e silenciosa, senta-se em uma banqueta situada debaixo da gaiola.

Vermelho atiçador em mãos, Dorko açula a prisioneira que, ao recuar – e eis aqui a graça da gaiola –, crava por si própria os afiados aços enquanto seu sangue emana sobre a mulher pálida, que o recebe impassível com os olhos postos em parte alguma. Quando se repõe de seu transe, afasta-se lentamente. Houve duas metamorfoses: seu vestido branco agora é vermelho e onde houve uma moça há um cadáver.

Torturas clássicas

"Fruits purs de tout outrage et vierges de gerçures.
Dont la chair lisse et ferme appelait les morsures!"
BAUDELAIRE

alvo algumas interferências barrocas – tais como "a Virgem de ferro", a morte por água ou a gaiola –, a condessa aderia a um estilo de torturar monotonamente clássico, que se poderia resumir assim:

Escolhiam-se várias moças altas, belas e resistentes – sua idade oscilava entre os 12 e os 18 anos – e arrastavam-nas à sala de torturas onde esperava, vestida de branco em seu trono, a condessa. Uma vez maniatadas, as criadas as flagelavam até que a pele do corpo se dilacerasse e as moças se transformassem em *chagas tumefatas*; aplicavam-lhes os atiçadores em brasa; cortavam-lhes os dedos com tesouras ou guilhotinas; espetavam suas chagas; praticavam-lhes incisões com navalhas (se a condessa se cansava de ouvir gritos, costuravam suas bocas; se alguma jovem se desvanecia rápido demais, ajudavam-na fazendo queimar entre suas pernas papel embebido em óleo). O sangue emanava como um gêiser e o vestido branco da dama noturna tornava-se vermelho. E tanto, que tinha que ir ao seu aposento e trocá-lo por outro (em que pensaria durante essa breve interrupção?). Também as paredes e o teto se tingiam de vermelho.

TORTURAS CLÁSSICAS

Nem sempre a dama permanecia ociosa enquanto os demais se afanavam e trabalhavam ao redor dela. Às vezes colaborava, e então, com grande ímpeto, arrancava a carne – nos lugares mais sensíveis – mediante pequenas pinças de prata, enfiava agulhas, cortava a pele de entre os dedos, aplicava às plantas dos pés colheres e placas em brasa, fustigava (no curso de uma viagem ordenou que mantivessem de pé uma moça que acabara de morrer e continuou fustigando-a embora estivesse morta); também fez morrer várias com água gelada (um invento de sua feiticeira Darvúlia consistia em submergir uma moça em água fria e deixá-la de molho a noite toda). Por fim, quando ficava doente as mandava trazer ao seu leito e as mordia.

Durante suas crises eróticas, escapavam de seus lábios palavras procazes destinadas às supliciadas. Imprecações soezes e gritos de loba eram suas formas expressivas enquanto percorria, excitada, o tenebroso recinto. Mas nada era mais espantoso do que sua risada. (Resumo: o castelo medieval; a sala de torturas; as ternas moças; as velhas e horrendas criadas; a bela alucinada rindo desde seu maldito êxtase provocado pelo sofrimento alheio.)

... suas últimas palavras, antes de se deslizar no desfalecimento conclusivo, eram: "Mais, ainda mais, mais forte!".

TORTURAS CLÁSSICAS

Nem sempre o dia era inocente, a noite culpada. Acontecia de jovens costureiras levarem, durante as horas diurnas, vestidos para a condessa, e isto era ocasião de inúmeras cenas de crueldade. Infalivelmente, Dorko encontrava defeitos na confecção das roupas e selecionava duas ou três culpadas (nesse momento os olhos lúgubres da condessa se punham a reluzir). Os castigos para as costureiras – e as jovens criadas em geral – admitiam variantes. Se a condessa estava em um de seus excepcionais dias de bondade, Dorko se limitava a despir as culpadas, que continuavam trabalhando nuas, sob o olhar da condessa, nos aposentos cheios de gatos pretos. As moças suportavam com penoso assombro esta condenação indolor pois nunca teriam acreditado em sua real possibilidade. Obscuramente, deviam se sentir terrivelmente humilhadas, pois sua nudez as fazia ingressar em uma espécie de tempo animal realçado pela presença "humana" da condessa, perfeitamente vestida, que as contemplava. Esta cena me levou a pensar na Morte – a das velhas alegorias; a protagonista da Dança da Morte. Despir é próprio da Morte. Também o é a incessante contemplação das criaturas por ela despossuídas. Mas há mais: o desfalecimento sexual nos obriga a gestos e expressões do morrer (arquejos e estertores como de agonia; lamentos e queixumes arrancados pelo paroxismo). Se o ato sexual implica uma espécie de morte, Erzsébet Báthory precisava da morte visível, elementar, grosseira, para poder, por sua vez, morrer dessa morte figurada que vem a ser o orgasmo. Mas quem é a Morte? É a Dama que assola e cresta como e onde quer. Sim, e além disso é uma definição possível da condessa Báthory. Nunca ninguém não quis de tal modo envelhecer, isto é: morrer. Por isso, talvez, representasse e encarnasse a Morte. Porque, como a Morte vai morrer?

Voltemos às costureirinhas e às criadas. Se Erzsébet amanhecia irascível, não se conformava com quadros vivos, mas sim:

Aquela que havia roubado uma moeda era paga com a mesma moeda... em brasa, que a menina devia apertar dentro de sua mão.

Aquela que havia conversado muito na hora do trabalho tinha a sua boca costurada pela própria condessa ou, contrariamente, abria sua boca e puxava até que os lábios se dilacerassem.

Também empregava o atiçador, com o qual queimava, ao acaso, faces, seios, línguas...

Quando os castigos eram executados no aposento de Erzsébet, fazia-se necessário, à noite, espalhar grandes quantidades de cinza ao redor do leito para que a nobre dama atravessasse sem dificuldade as vastas poças de sangue.

A FORÇA DE UM NOME

*"Et la folie et la froideur erraient sans
but dans la maison."*
MILOSZ

O nome Báthory – em cuja força Erzsébet acreditava como na de um extraordinário talismã – foi ilustre desde o princípio da Hungria. Não é casual que o escudo familiar ostentasse os dentes do lobo, pois os Báthory eram cruéis, temerários e luxuriosos. Os inúmeros casamentos entre parentes próximos colaboraram, talvez, para o aparecimento de doenças e inclinações hereditárias: epilepsia, gota, luxúria. É provável que Erzsébet fosse epilética, já que lhe sobrevinham crises de possessão tão imprevistas como suas terríveis dores nos olhos e suas enxaquecas (que conjurava pousando uma pomba ferida, mas viva, sobre a testa).

Os parentes da condessa não desmereciam a fama de sua linhagem. Seu tio Istvan, por exemplo, estava tão louco que confundia o verão com o inverno, fazendo-se arrastar de trenó pelas ardentes areias que para ele eram caminhos nevados; ou seu primo Gábor, cuja paixão incestuosa foi correspondida por sua irmã. Mas a mais simpática era a célebre tia Klara. Teve quatro maridos (os dois primeiros foram assassinados por ela) e morreu de sua própria morte folhetinesca: um paxá a capturou em companhia de seu amante do momento: o desafortunado foi logo assado em uma grelha. Quanto a ela, foi violentada – se é que se pode empregar este verbo a seu respeito – por toda a guarnição turca. Mas não morreu por isso, ao contrário, e sim porque seus sequestradores – talvez exaustos de violentá-la – a apunhalaram. Costumava apanhar seus amantes pelos caminhos da Hungria e não lhe desagradava atirar-se sobre algum leito onde, precisamente, acabara de abater uma de suas donzelas.

Quando a condessa chegou aos quarenta, os Báthory tinham ido se apagando e consumindo por obra da loucura e das inúmeras mortes sucessivas. Tornaram-se quase sensatos, perdendo, por isso, o interesse que suscitavam em Erzsébet. Cabe advertir que, ao voltar-se a sorte contra ela, os Báthory, embora não a tenham ajudado, tampouco lhe recriminaram nada.

Um marido guerreiro

"Quando o homem guerreiro me encerrava
em seus braços era um prazer para mim…"
ELEGIA ANGLO-SAXÃ
S.VIII

m 1575, aos 15 anos de idade, Erzsébet se casou com Ferencz Nadasdy, guerreiro de extraordinária coragem. Este *coeur simple* nunca soube que a dama que despertava nele certo amor mesclado a temor era um monstro. Achegava-se a ela durante as tréguas bélicas impregnado do cheiro dos cavalos e do sangue derramado – ainda não haviam fixado as normas de higiene –, o qual emocionaria ativamente a delicada Erzsébet, sempre vestida com ricos tecidos e perfumada com luxuosas essências.

Um dia em que passeavam pelos jardins do castelo, Nadasdy viu uma menina nua amarrada a uma árvore; untada com mel, moscas e formigas a percorriam e ela soluçava. A condessa lhe explicou que a menina estava expiando o roubo de um fruto. Nadasdy riu candidamente, como se lhe tivesse contado uma piada.

O guerreiro não admitia ser importunado com histórias que relacionavam sua mulher com mordidas, agulhas etc. Erro grave: já recém-casada, durante essas crises cuja fórmula era o segredo dos Báthory, Erzsébet espetava suas criadas com longas agulhas; e quando, vencida por suas terríveis enxaquecas, tinha que ficar de cama, mordia-lhes os ombros e mastigava pedaços de carne que havia podido extrair. Magicamente, os alaridos das moças acalmavam suas dores.

Mas estas são brincadeiras de meninos – ou de meninas. O certo é que em vida de seu esposo não chegou ao crime.

O ESPELHO DA MELANCOLIA

"Tudo é espelho!"
OCTAVIO PAZ

V*ivia diante de seu grande espelho sombrio, o famoso espelho cujo modelo ela mesma havia desenhado...* Tão confortável era, que apresentava umas saliências onde apoiar os braços de maneira a permanecer muitas horas diante dele sem se cansar. Podemos conjecturar que, tendo acreditado desenhar um espelho, Erzsébet traçou a planta de sua morada. E agora compreendemos por que só a música mais arrebatadoramente triste de sua orquestra de ciganos ou as arriscadas partidas de caça ou o violento perfume das ervas mágicas na cabana da feiticeira ou – sobretudo – os subsolos inundados de sangue humano puderam iluminar nos olhos de sua cara perfeita algo a modo de olhar vivente. Porque ninguém tem mais sede de terra, de sangue e de sexualidade feroz do que estas criaturas que habitam os frios espelhos. E a propósito de espelhos: nunca puderam ser esclarecidos os rumores acerca da homossexualidade da condessa, ignorando-se tratar-se de uma tendência inconsciente ou se, ao contrário, aceitou-a com naturalidade, como um direito a mais que lhe correspondia. No essencial, viveu submersa em um âmbito exclusivamente feminino. Não houve senão mulheres em suas noites de crimes. Depois, alguns detalhes são obviamente reveladores: por exemplo, na sala de torturas, nos momentos de máxima tensão, costumava introduzir ela mesma um círio ardente no sexo da vítima. Também há testemunhos que falam de uma luxúria menos solitária. Uma criada assegurou no processo que uma aristocrática e misteriosa dama vestida de mancebo visitava a condessa. Em uma ocasião as descobriu juntas, torturando uma moça. Mas se ignora se compartilhavam outros prazeres que os sádicos.

Continuo com o tema do espelho. Embora não se trate de *explicar* esta sinistra figura, é preciso se deter no fato de que padecia do mal do século XVI: de melancolia.

Uma cor invariável rege o melancólico: seu interior é um espaço cor de luto; nada acontece ali, ninguém entra. É um palco sem cenários, onde o eu inerte é assistido pelo eu que sofre por essa inércia. Este gostaria de libertar o prisioneiro, mas qualquer tentativa fracassa como teria fracassado Teseu se, além de ser ele mesmo, tivesse sido, também, o Minotauro; matá-lo, então, teria exigido matar-se.
Mas existem remédios fugidios: os prazeres sexuais, por exemplo, por um breve tempo podem apagar a silenciosa galeria de ecos e de espelhos que é a alma melancólica. E mais ainda: até podem iluminar esse recinto enlutado e transformá-lo em uma espécie de caixinha de música com figuras de vivas e alegres cores que dançam e cantam deliciosamente. Depois, quando a corda acabar, será preciso retornar à imobilidade e ao silêncio. A caixinha de música não é um meio de comparação gratuito. Acredito que a melancolia é, em suma, um problema musical: uma dissonância, um ritmo transtornado.
Enquanto *lá fora* tudo acontece com um ritmo vertiginoso de cascata, *lá dentro* há uma lentidão exausta de gota d'água caindo de tanto em tanto. Daí que esse *lá fora* contemplado do *lá dentro* melancólico resulte absurdo e irreal e constitua "a farsa que todos temos que representar".

Mas por um instante – seja por uma música selvagem,
ou alguma droga, ou o ato sexual em sua máxima violência –,
o ritmo lentíssimo do melancólico não só chega a se conciliar
com o do mundo externo, como o ultrapassa com uma desmesura
indizivelmente feliz; e o eu vibra animado por energias delirantes.

Para o melancólico, o tempo se manifesta como suspensão do transcorrer
– na verdade, há um transcorrer, mas sua lentidão evoca o crescimento
das unhas dos mortos – que precede e continua a violência fatalmente
efêmera. Entre dois silêncios ou duas mortes, a prodigiosa e fugaz
velocidade, revestida de variadas formas que vão da inocente ebriedade
às perversões sexuais e ainda ao crime. E penso em Erzsébet Báthory e
em suas noites cujo ritmo mediam os gritos das adolescentes. O livro
que estou comentando nestas notas traz um retrato da condessa:
a sombria e bela dama se parece com a alegoria da melancolia que
mostram as velhas gravuras. Quero lembrar, além disso, que na sua
época uma melancólica significava uma possuída pelo demônio.

Magia negra

"Et qui tue le soleil pour installer le royaume de la nuit noire."
ARTAUD

A maior obsessão de Erzsébet sempre havia sido afastar a qualquer preço a velhice. Sua total adesão à magia negra tinha que dar como resultado a intacta e perpétua conservação de seu "divino tesouro". As ervas mágicas, os feitiços, os amuletos e ainda os banhos de sangue possuíam, para a condessa, uma função medicinal: imobilizar sua beleza para que fosse eternamente *comme un rêve de pierre*. Sempre viveu rodeada de talismãs. Em seus anos de crime se decidiu por um talismã único que continha um velho e sujo pergaminho onde estava escrita, com tinta especial, uma prece destinada ao seu uso particular. Levava-o junto do seu coração, sob seus luxuosos vestidos, e no meio de alguma festa o tocava sub-repticiamente. Traduzo a prece:

Isten, ajuda-me; e tu também, nuvem que tudo pode. Protege a mim, Erzsébet, e dá-me uma vida longa. Oh, nuvem, estou em perigo. Envia-me noventa gatos, pois tu és a suprema soberana dos gatos. Ordena-lhes que se reúnam vindos de todos os lugares onde moram, das montanhas, das águas, dos rios, da água dos telhados e da água dos oceanos. Diga-lhes que venham rápido para morder o coração de... e também o coração de ... e o de... Que dilacerem e mordam também o coração de Megyery, o Vermelho. E guarda Erzsébet de todo o mal.

Os espaços eram para inscrever os nomes dos corações que deveriam ser mordidos.

Foi em 1604 que Erzsébet ficou viúva e que conheceu Darvúlia. Esta personagem era, exatamente, *a feiticeira do bosque*, a que nos assustava desde os livros para crianças. Velhíssima, colérica, sempre rodeada de gatos pretos, Darvúlia correspondeu à fascinação que exercia em Erzsébet, pois nos olhos da bela encontrava uma nova versão dos poderes maléficos encerrados nos venenos da selva e a nefasta *insensibilidade da lua*. A magia negra de Darvúlia se inscreveu no negro silêncio da condessa: *iniciou-a nos jogos mais cruéis; ensinou-lhe a olhar morrer e o sentido de olhar morrer*; animou-a a procurar a morte e o sangue em um sentido literal, isto é: a querê-los por si mesmos, sem temor.

Banhos de sangue

"Se vais te banhar, Juanilla, dize-me a quais banhos vais."
CANCIONEIRO DE UPSALA

orria este rumor: desde a chegada de Darvúlia, a condessa, para preservar seu viço, tomava banhos de sangue humano. Efetivamente, Darvúlia, como boa feiticeira, acreditava nos poderes revigorantes do "fluido humano". Ponderou as excelências do sangue de moças – se possível, virgens – para submeter ao demônio da decrepitude e a condessa aceitou este remédio como se se tratasse de banhos de assento. Deste modo, na sala de torturas, Dorko se aplicava em cortar veias e artérias; o sangue era recolhido em vasilhas e, quando as doadoras já estavam exangues, Dorko vertia o vermelho e morno líquido sobre o corpo da condessa, que esperava tão tranquila, tão branca, tão erguida, tão silenciosa.

BANHOS DE SANGUE

Apesar de sua invariável beleza, o tempo infligiu a Erzsébet alguns dos sinais triviais de seu transcorrer. Por volta de 1610, Darvúlia havia desaparecido misteriosamente, e Erzsébet, que beirava os cinquenta, lamentou-se diante de sua nova feiticeira da ineficácia dos banhos de sangue. Na verdade, mais do que se lamentar, ameaçou matá-la se não detivesse imediatamente a propagação dos execrados sinais da velhice. A feiticeira deduziu que essa ineficácia era causada pela utilização de sangue plebeu. Assegurou – ou augurou – que, trocando a tonalidade, empregando sangue azul em vez de vermelho, a velhice se afastaria corrida e envergonhada. Assim se iniciou a caça de filhas de gentis-homens. Para atraí-las, as sequazes de Erzsébet argumentavam que a Dama de Csejthe, sozinha em seu desolado castelo, não se resignava à sua solidão. E como abolir a solidão? Enchendo os sombrios recintos com meninas de boas famílias, às quais, como pagamento por sua alegre companhia, daria lições de boas maneiras, as ensinaria como se comportar primorosamente em sociedade. Duas semanas depois, das vinte e cinco "alunas" que correram para se aristocratizar, não restavam senão duas: uma morreu pouco depois, exangue; a outra conseguiu se suicidar.

Castelo de Csejthe

"Le chemin de rocs est semé de cris sombres."
P. J. JOUVE

astelo de pedras cinza, escassas janelas, torres quadradas, labirintos subterrâneos, castelo localizado na colina de rochas, de ervas ralas e secas, de bosques com feras brancas no inverno e escuras no verão, castelo que Erzsébet Báthory amava por sua funesta solidão de muros que afogavam qualquer grito.

O aposento da condessa, frio e mal iluminado por uma lamparina de óleo de jasmim, cheirava a sangue assim como o subsolo a cadáver. Se quisesse, teria podido realizar sua "grande obra" à luz do dia e dizimar moças ao sol, mas a fascinavam as trevas do labirinto que tão bem lembravam seu *terrível erotismo de pedra, de neve e de muralhas*. Amava o labirinto, que significa o lugar típico onde sentimos medo; o viscoso, o inseguro espaço da desproteção e do extraviar-se.

CASTELO DE CSEJTHE

O que fazia de seus dias e de suas noites na solidão de Csejthe? Sabemos algo de suas noites. Quanto a seus dias, a belíssima condessa não se separava de suas duas velhas criadas, duas fugitivas de alguma obra de Goya: as sujas, malcheirosas, incrivelmente feias e perversas Dorko e Jó Ilona. Estas tentavam diverti-la até com histórias domésticas, às quais ela não prestava atenção, embora necessitasse desse contínuo e desprezível rumor. Outra maneira de matar o tempo consistia em contemplar suas joias, olhar-se em seu famoso espelho e trocar quinze trajes por dia. Dona de grande sentido prático, preocupava-se de que as prisões do subsolo estivessem sempre bem abastecidas; pensava no futuro de seus filhos – que sempre residiram longe dela –; administrava seus bens com inteligência e se ocupava, enfim, de todos os pequenos detalhes que regem a ordem profana dos dias.

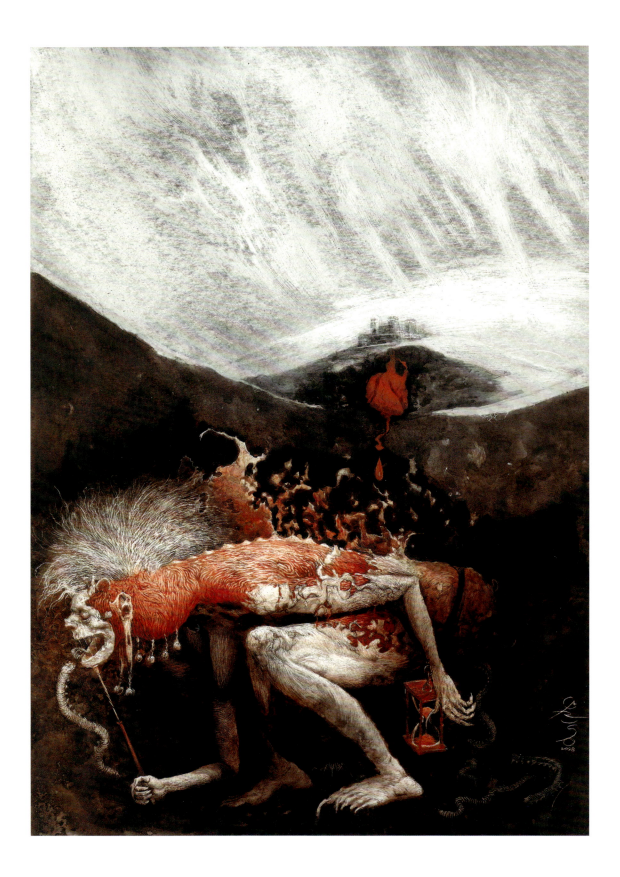

Medidas Severas

*"... la loi, froide par elle-même, ne saurait être
accessible aux passions qui peuvent légitimer
la cruelle action du meurtre."*
SADE

urante seis anos, a condessa assassinou impunemente. No transcorrer desses anos, não haviam cessado de correr os mais tristes rumores a seu respeito. Mas o nome Báthory, não só ilustre como ativamente protegido pelos Habsburgo, atemorizava os prováveis denunciadores.

Por volta de 1610, o rei tinha os mais sinistros relatórios – acompanhados de provas – sobre a condessa. Depois de longas vacilações, decidiu tomar medidas severas. Encarregou o poderoso paladino Thurzo de que indagasse os lutuosos feitos de Csejthe e castigasse a culpada.

Em companhia de seus homens armados, Thurzo chegou ao castelo sem se anunciar. No subsolo, em desordem pela sangrenta cerimônia da noite anterior, encontrou um belo cadáver mutilado e duas meninas em agonia. Isto não é tudo. Aspirou o cheiro de cadáver; olhou as paredes ensanguentadas; viu "a Virgem de ferro", a gaiola, os instrumentos de tortura, as vasilhas com sangue ressecado, as celas – e em uma delas um grupo de moças que aguardavam sua vez para morrer e que lhe disseram que, depois de muitos dias de jejum, haviam lhes servido certa carne assada que pertencera aos encantadores corpos de suas companheiras mortas...

MEDIDAS SEVERAS

A condessa, sem negar as acusações de Thurzo, declarou que *tudo aquilo era seu direito de mulher nobre e de alta estirpe.* Ao que o palaciano respondeu: ... *eu te condeno à prisão perpétua dentro de teu castelo.*

De seu coração, Thurzo diria a si mesmo que seria preciso decapitar a condessa, mas um castigo tão exemplar teria podido suscitar a reprovação não só com relação aos Báthory como dos nobres em geral. Enquanto isso, no aposento da condessa foi encontrado um caderninho coberto por sua letra com os nomes e os sinais particulares de suas vítimas, que ali somavam 610... Quanto aos sequazes de Erzsébet, foram processados, confessaram fatos incríveis, e morreram na fogueira.

A prisão subia ao seu redor. Muraram as portas e as janelas de seu aposento. Em uma parede, foi feita uma ínfima janelinha por onde poder passar-lhe os alimentos. *E quando tudo terminou, ergueram quatro patíbulos nos cantos do castelo para marcar que ali vivia uma condenada à morte.*

Assim viveu mais de três anos, quase morta de frio e de fome. Nunca demonstrou arrependimento. Nunca compreendeu por que a condenaram. Em 21 de agosto de 1614, um cronista da época escrevia: *Morreu ao anoitecer; abandonada por todos.*

Ela não sentiu medo, nunca tremeu. Então, nenhuma compaixão nem emoção nem admiração por ela. Só perplexidade no excesso do horror, uma fascinação por um vestido branco que se torna vermelho, pela ideia de um absoluto dilaceramento, pela evocação de um silêncio constelado de gritos onde tudo é a imagem de uma beleza inaceitável.

Como Sade em seus escritos, como Gilles de Rais em seus crimes, a condessa Báthory alcançou, para além de todo o limite, o último fundo da depravação. Ela é mais uma prova de que a liberdade absoluta da criatura humana é horrível.

POSFÁCIO

POSFÁCIO

Uma condessa contemporânea
JOÃO SILVÉRIO TREVISAN

A barbárie da condessa húngara Erzsébet Báthory (1560-1614) se notabilizou porque repugna e fascina em igual medida – como se constata no belo texto de Alejandra Pizarnik e nas extraordinárias ilustrações de Santiago Caruso. Há os que alegam falta de precisão histórica nos crimes a ela atribuídos. Suspeitam de exagero nos estudos do período vitoriano, quando se popularizaram as histórias de vampiros. Mesmo que os fatos tenham sido exacerbados pela posteridade, há que se considerar o mito. E mitos existem para catalisar fantasias coletivas que integram a sombra da psique humana. Principalmente quando entra em cena a libido como vontade de poder. Pizarnick fala em "possessão". De fundo erótico, certamente: os gemidos de dor das jovens torturadas reverberam os vagidos do orgasmo. São muitas as evidências do lesbianismo da condessa como canal de expressão da barbárie. Adolescentes belas, e não rapazes, constituem os alvos da sua crueldade, com direito a detalhes emblemáticos, como introduzir círio aceso no sexo da vítima. Um dos mais terríveis instrumentos de tortura usados era a "virgem de ferro" – uma mulher mecânica em tamanho natural, que abraçava e esfaqueava as vítimas. Para exorcizar a morte, Báthory toma o lugar dela. Ao matar, busca um marco de eternidade: a morte não pode morrer.
Tais requintes de crueldade resultavam da soma mortífera de narcisismo e prepotência – de resto, vigente nos donos do poder em todos os tempos.
A condessa sangrenta é um sintoma com ecos na idade moderna, que elevou a tendência assassina à escala coletiva. Basta lembrar as explosões atômicas no Japão e o holocausto nazista, mas também ditadores como Stalin e Pol Pot, que mataram milhões de pessoas. Partindo do enunciado freudiano de interação entre eros e tânatos, tais assassinatos em massa seriam formas extremas de descarga libidinal – num gozo também coletivo.
Envergonhada, a contemporaneidade chegou à quase totemização dos direitos humanos, desembocando no politicamente correto. Com isso corre-se o risco de criar na alma humana uma zona de sombra como reservatório futuro do perverso.

Que o diga a internet, espaço privilegiado onde tudo é possível – na fantasia. Dirão que o virtual funciona como blindagem para o real. Mas, tal como a sombra, a fantasia revela-se soberana, mais cedo ou mais tarde. E, no horizonte, está sempre a morte. Como nos tempos da condessa, a contemporaneidade vive obcecada pela superação da morte, envolvendo procedimentos de engenharia genética, em que o biológico e o tecnológico se interpenetram e complementam. Mesmo quando há sublimação, criaram-se rituais invasivos e cruéis, que podem implicar em autoflagelação. As bruxarias da condessa seriam uma versão tosca da engenharia erótica que a atualidade banalizou, com suas bolsas de silicone, próteses, implantes e operações plásticas que buscam, tal como ela, domar a velhice para superar a morte. É de maneira perversa que os desígnios da beleza padronizada se impõem sobre os sujeitos – até chegar aos casos de anorexia e vigorexia cada vez mais comuns.
A terrível "virgem de ferro" metaforiza seu sentido nos "arreios" da cena sadomasoquista contemporânea, tornada ícone da sexualidade pop e consumida até nos videoclipes da cantora Madona. A fantasia de transmutar a dor em prazer disseminou a escatologia sexual em gestos banais, como inserir pearcings nos lugares mais improváveis do corpo ou gravar tatuagens que oscilam entre a mortificação e a sedução.
Hoje, aqueles "direitos de alta estirpe", que Pizarnik associa à condessa, são dispensáveis: os assassinatos se democratizaram. Basta lembrar os serial killers e os que saem matando desconhecidos, em diversos países. São indivíduos que fazem sua própria "justiça cósmica", enquanto conquistam quinze minutos de fama trágica, ansiosos para sair do anonimato. Eis uma variante do narcisismo com prepotência.
A melancolia da condessa considerava-se então sintoma diabólico. Hoje, a possessão comparece na forma de ansiedade e de sua parente próxima, a depressão, que as tensões contemporâneas tem levado a picos alarmantes. Em torno delas, orbita o consumo de drogas lícitas e ilícitas – com bêbados e drogados circulando nas grandes e pequenas cidades, mas também no meio rural, como indica a alta incidência de crackeiros entre os cortadores de cana. Em torno da ansiedade acelerada orbita também a obesidade que grassa de modo epidêmico num mundo doente de consumismo. O outro lado da moeda, evidente nessa assimetria perversa, é a fome que assola a humanidade no lado pobre do planeta. O Banco Mundial calcula que em 2010 a população em estado de fome crônica chegou perto de um bilhão de pessoas, à medida que aumentam os preços e diminuem os alimentos. Num mundo superpovoado, os donos do poder não lançam mais bombas atômicas. Agora, jogam com a manipulação e o cinismo. Como não lembrar a grave crise econômica de 2008, da qual os banqueiros, seus artífices, saíram ainda mais poderosos?
Bem-vindos, pois, à barbárie contemporânea.

Este livro, composto com tipografia Garamond (e Trajan Pro, para os títulos) e diagramado pela Alaúde Editorial Limitada, foi impresso em papel cuchê fosco cento e cinquenta gramas pela Ipsis Gráfica e Editora Sociedade Anônima no ducentésimo vigésimo ano da publicação de *Justine ou os infortúnios da virtude*, do marquês de Sade. São Paulo, abril de dois mil e onze.